メー・ティはそれを好まない　愛敬浩一詩集

土曜美術社出版販売

Aquirax
Aquirax

――メー・ティは好まなかった、新年を祝うこと、別れをつげること、誕生日に贈り物をすること、不幸な人たちを見ること、将来のプランをつくること、成功を楽しむこと、敗北を悲しむこと、短い数分間を味わいつくすこと、テーマをいわず自然の美しさに気づかないで即興の話をすること。そして言いました。――「本当の変わり目＝分岐点をつかまえること、これだけでけっこうむずかしいですよ。」

（長谷川四郎訳）

ベルトルト・ブレヒト『メー・ティ　転換の書』２０１番

目次

*

詩集　メー・ティはそれを好まない

朝／回避するために

朝

十月の
ある朝
彼は、ぴーんとはりつめた空気を感じた
朝礼が終わり
職員室を出た彼を
教頭が追いかけて来た
「きみは、まだ新任じゃないか」
彼は振り返ったものの
何も言わず、教頭を見て
また歩き始めた
もう試用期間の半年は過ぎていた

教頭は、また同じ言葉をくりかえしたが
教頭が、そこで立ち止まったのを
彼は背中で感じた
彼は、まるで椿三十郎のように廊下を歩いた
まだ二十郎ではあったが
肩で風を切った
朝礼前に彼が配布したビラを
すばやく教頭のところへ持って行った教員が誰かも確認した
その教員の口が
ビラを配ったのが彼だと告げているのも見えた
いつもの朝が
その瞬間に、
ぴーんとはりつめた
ビラには「教職員組合結成」の文字があった

いやいや、もんだいなのは「組合」のことではない
まさか非合法活動でもないのだし
プロレタリア文学でもあるまいし
彼が本当に見たのは
「行為」の切れ味であり
関係が一瞬の内に凍り付いたということだ
もう半世紀近い昔話ではある

回避するために（詩集『回避するために』より）

火をつけたのではない　燃やされたのだ
駆けぬけたのは立ちどまる場がなかったから
石を投げたのは波紋が広がったあと
始まりはそうしてはじまり
日時だけが記帳され
ついに終わりようもなく沼のように現在をひたす
時代の異様な白っぽさのため
すでに遠近は失われ
道には方向指示機があふれ
駆けぬけるきみの速度は無限に遅くなり
きみはしだいにふくれあがるが

成熟したわけではない
行為は沈黙するが
決して放棄ではない
おしゃべりな手足をすべるきみは
自分から出かけることがないだけだ
少なくともこれは拒絶ではない
捨てないということは技法でなければならない
組織化された余剰をすべるきみは
怠惰というより　てれているのにすぎない
きみの沈黙はまだ行為しない

アパート／領域

アパート

戦前の話ではないのだから
まさか、共同謀議ということにはならないだろうな
世界史の先生（男・独身）のアパートに
何人もが集まり
あれこれ
相談をして
「やっぱり、組合をつくろうじゃないか」
という決意を固めるために
それとは関係ないことばかりが
意味もなく
果てしなく

くりかえし語られたり
熱々の、近所のコロッケをみんなで食べたりした
買ってきたのは世界史の先生だ
その先生の
二間だけの、アパートの一階の
本と本棚しかない部屋に
十数人が座り込み
話し合われたことの、ほとんどすべてを
いやいや、何一つ
今では、何も思い出せない
七〇年代の終わり
あれは、どういう時代だったのであろうか
新任の彼は
五月の連休明けに

そのアパートへと誘われた
あの頃は
何で、あんなに時間があったのだろう
みんな、どのようにして家に帰り
当たり前のように
翌朝も
職場としての学校へ行っていたのだろうか

領域（詩集『長征』より）

眠りのような井戸をのぞき込む夜は
いつも不吉な桜が満開で
野放図な森では声が首を吊っている
歳々は星をめぐり
都市の河をめぐり
過去の皮をめくり
円環する電車が過ぎる

おもわしくないものを
誰しもがたくさん抱え込んでいるなら
つけるな収拾

きらびやかな禁忌
もののものしい仮定
にぎやかな告白
いかがわしい断念でどこかに
たどり着きたいというわけでもないだろう

もう一つのアパート／足場がいるのだ

もう一つのアパート

組合結成までの、ある日
上部組織となるべき人々と会ったのは
女教師（英語の先生・独身）のアパートだった
そんなところで会うのは
なんだか、卑猥な感じもしたし
うさんくさく
やって来たのは
県組織の委員長と書記長で
思いがけず、委員長は彼と同じ高校の出身というのも
うさんくさく
委員長と書記長は

彼ら（これから「組合」を結成しようという）五人に対して
にこやかなのも、やっぱり
うさんくさく
代表（「組合」結成）の五人に、新任の彼が含まれているのも
うさんくさく
地上の出来事は、このように
かくも、うさんくさいものでしかないことが
新任の彼には
新鮮に感じた
ごく日常的なことなのに
すべてが怪しげで
かくも、うさんくさく
アラフォーの女教師は
いや、当時は、そんな言葉はなかったものの

イギリス留学から戻ってきたばかりなのに
山頭火を読んでいて
それにしても
どうしてそこが
会談の場になったのか
今でも不思議だ

足場がいるのだ（詩集『長征』より）

足場がいるのだ
よい夢をみるためには
日々を羅列し
私を立たせる
発つことのできぬ
日々に私を立たせようとすると
すでに私は
むごんに立ちつくしている
汗をかきかき　金曜日
夜をくぐると　土曜日
息をついたか　日曜日

でも木々の緑に花も咲き
晴れやかな日には花束も用意されているように見え
月夜の晩には酒宴ぐらいあってもよいが
たどり着けば地続きにのびきった湿地に
またも私が立たされ
だれやらと
やたら水のかけ合い
雲を吐き出し
風を呼んだりしているが
神通力があるわけもなく
雨など降らせることはできない
（あめぇのよ）
そんな土地にどうして馬が走るか
（うまい話だねぇ）

どうしてボートが走るか
（ぼおっとしてろ）
勝手にやれよ
かけごとも革命もない
だから　もう書くめい
あなたに異和　いいわぁ
あなたに不満　ふんだん
ふん、だ
だから　つまらぬ日を終わりにするためには
立ちあがってみるしかあるまい
かかった声にふりかえる
ぶつけたむごんに思い入れは無用
肉体をふりまわして
むごん

肉体を疲れさせて
げんじつを移動する

ベンヤミンは書いている／基調報告

ベンヤミンは書いている

ベンヤミンは書いている
「詩という形式は、
ブルジョワジーがかれらの生存のちゃちなお飾りとしているもの」であるが、
ブレヒトは、それとは違って、烈しく歌うというのだ
「ブルジョワジーの支配の本質をあからさまにいいあらわすのに、
お上品すぎるということはない。
教区のひとびとを教化する讃美歌、
民衆を調子よくまるめこむ民謡、
兵隊を死地に送りこむ愛国的バラード、
安価な慰安をわめきたてる恋の歌*――」
別口に、ブレヒトは歌う

ブレヒトの讃美歌
ブレヒトの民謡
ブレヒトの愛国的バラード
ブレヒトの恋の歌

新しい組合に必要なのは
規約と役職であった
わいわいがやがや話合って
いざ、規約が作成され
役職が決まってしまうと
すべてが
規約に従い
すべてが
役職に委ねられ

つまらなくなった
元気のいいことを言っていた者が
役職に就いた
新任の彼が副委員長になり
化学の先生が委員長になった
委員長は群れないタイプであって
新任の彼は
ただ若いだけだった
彼は書記長の方がよかったのにと思ったが
責任を取る順が二番目だと
みんなが考えただけだったのだろう

＊「ブレヒトの詩への注釈」（『ヴァルター・ベンヤミン著作集9　ブレヒト』（晶文社・一九七一年五月　野村修・訳）

基調報告（詩集『回避するために』より）

他人の家に松ばかりが生えている　街では
道は方位を見失わせるためにだけくねり　万
葉の頃から流れ出たという川は　都市の地下
水のように上代を回想するが　深夜になると
家々は　異常な繁殖を示し　一ノ川の沿岸
を中心として　都市が街中にのび　人の口か
ら次々と胞子が吐き出されるから　星にも法
師にもなることなく、奉仕活動を強要される
前に　本心から熱中する者がいて　熱心だと
ほめられれば　熱狂して　狂気の沙汰だと思
うのは　無力と怠惰の証しのようでもあり

じじつ　私に待つべき時もどんな方位も開か
れることなく　高度経済成長のあと引けた
水のない海岸通りをうなだれて歩いて行くと
親和と異和との間を　神話のような構図を
描いて　スタートラインを引く者がいて　あ
なただった　とつぜん　伝説にある洪水のよ
うに　川は氾濫をはじめ　逆流し　押し流し
堤防は決壊し　水位はひたひたとあがり
逃げる者がいて　押し黙る者がいて　裏切り
者が出なかったので盛り上がりには欠けたも
のの　濁流から頭一つ出して　あなたが笑っ
たので　配役も決定し　私は無言の夢へと参
入する

メッセンジャー／行程

メッセンジャー

理事長からの回答はなかったが
何某というメッセンジャーが
彼らに接触して来た
話をしたいということで
附属幼稚園へ呼ばれた
もちろん、行かないという選択肢はあった
一種の罠だという議論もあった
（父母を敵に回すな）
迷いながらも
委員長以下、五名で
附属幼稚園へ出向くと

何だか、よく分からない人々に囲まれて
それは同窓会か
それは父母の会か
もしくは、理事長の取り巻きか
よく分からない人々から
あれこれ、質問を浴びせられ
あれこれ、非難され
ごく自然に
法律を守り
組合を結成しただけなのに
学校の屋上に赤旗が翻るとか
まるで非合法活動でもしたかのように
（父母を敵に回すな）
そうだ

「生徒人質論」を、とうとうと述べた人もいたな
委員長以下、五名のことを
興信所か何かで調べたような怪文書も、既に出ていた
委員長の住所が成田空港の近くだったので
空港反対の過激派だとか
彼の出身大学の寮は民青が握っているので
彼は民青だとか
もっとも、彼は過激派と思われなくてガッカリした
それが、もうすぐ八〇年代という時代だったのだから
笑える
彼は、大学闘争には遅れた世代だったので
その埋め合わせが出来ると思いきや
あまりに現実が幼稚で
場所は、間違いなく幼稚園だったものの

こんな普通のことさえ
摩擦を起こす社会に
今、生きているのだということに
今更ながら、驚いたものだ

行程（詩集『回避するために』より）

駆けぬける
判断しないで反論する
思わず疑惑の死臭が風に乗り
闇のようにあたりを覆い
さらに駆ければ
耳はすでに盗まれ
理由は互いに浸食されている
流す
臭気はすぐにたちこめるので
かぎつける奴は
自分でない自分を背負い

太ればよい
もはや言葉は腐り
熱をもち
まぶたの闇の辺りで熱くなるが
眼球はありとある事実を浮かべているので
死語も立ちあがり
くちびるを疾走する

あっせん団交／伝達

あっせん団交

決まっている通り
理事長が団体交渉に応じないので
県の労働委員会へ

決まっている通り
あっせん申請書というものがあるので
彼らの組合はそれを提出して

決まっている通り
労働委員会は理事会に意向の確認をするので
新たに労務担当理事が誕生して

決まっている通り
彼らの上部組織から
委員長と書記長がやって来て

決まっている通り
理事長はさらに奥へと引っ込むので
労務担当の理事が前面へ

決まっている通り
交渉は長引くので
毎朝、組合ニュースを出して

決まっている通り

とりあえず組合が認められたので
ついでに、組合員以外の職員の賃金も上がった

伝達（詩集『回避するために』より）

私が差し出すのは言葉だが
あなたが受け取るのは、ただの紙切れだ
私が差し出すのはいつもの言葉だが
あなたが受け取るのは一つの意味だ
私はなんら説得するつもりもないが
あなたはいつもそんな顔をする
私は何も伝えることはできないが
あなたはいつも思い違いして何かを受け取っている

私が示すのは一つの態度だが
あなたが受け取るのは軋轢だ

あなたはあなた自身を受け取らなければならない
私が示したいと思っているのは、ある種の深淵である

組合ニュース／症例

組合ニュース

彼は毎朝
職員室や事務室の、それぞれの机の上に
組合ニュースを配った
そもそも組合員が何人いるのか
教頭たちは知らなかった

幼稚園から高等学校までの
私立の学校法人だったので
理事長に対して団体交渉を求めたが
もちろん無視され
組合ニュースは毎朝出た

組合結成の日から、ずっと
組合ニュースを書いて来たのは彼だった
考えてみれば
それだけが
彼の仕事だった

国語の教員で
同人誌などにも入っていたので
彼に割り当てられた仕事だった
初代の副委員長だったのに
それだけが彼の仕事だった

毎晩、世界史の先生のアパートに集まり

彼が文案をねり、先輩の、国語の先生がガリを切り
組合で購入した謄写版で、一枚一枚刷った
そういう時代だった
新任の彼も、それから二年間ほどはガリを切ったものだ

数年後には
ボールペンで原稿が作れるようになり
やがて、ワードプロセッサーが登場することになる
進歩が
目に見える時代だった

そういう時代を前にして
彼は、毎日、組合ニュースを書き続け
ある日、初代の委員長が

「明日はニュース無しでいいよ」と言って
笑った

まず、最初に責任を取るべき人が
二番目に責任を取るべき人に対して
にこやかに言葉をかけた
それほどに彼が、追い詰められたような
顔をしていたわけだろう

症例（詩集『長征』より）

刈り入れが終わり
連関がしだいに外れて行く
自明な季節の移り変わり
嘆く材料ではない
あたたかな夕餉とふたしかな圧政
それが前提
これから始まる冬に
うねっていたきみの心を問え
架空のたたかいが
現実に浸食された分だけ
位置を装わざるを得ない

方位が見失われたら
死んだふりをしていればいい
現実はやがて通り過ぎる

病んでいるのはきみのこだわりだ
疼きを育んで
分布図をつくる
時を刻み　計算する
おお　きみの病いを治癒するな
ゆっくりとほどけて行くのに任せよ

老教師／旅

老教師

美術の先生は
七十歳の定年まで、もう二、三年だったが
彼らが作った組合に参加した
組合の集まりには一度も来なかったが
黙って参加した
「あれこれ、言うつもりはない
ただ、みんなの後について行く」
という潔さは心に残った
若い頃は短歌もつくった老教師は
教え子がつくったドキュメンタリー映画にも出たりしていた
〈円空仏〉がテーマではあるものの

ほぼ、「美術の先生」が主演と言ってもいいくらいで
いつもの「先生」が画面の中心にいて
田舎道を抜け
山道を登り
彼の頑固さがよく捉えられていた
彼の名前は女性の名としても不自然ではなく
苗字も柔らかなイメージであるので
出生届の時、性別が間違われ
小学校入学まで「女」だったのだというのが
お得意の話の一つだった
定年の年に
その「美術の先生」の歌集をまとめ
その「一人語り」を録音テープに取ったが
結局のところ

彼は「一人語り」の方を、まとめることをしなかった
有名人の話なども出たが
たぶん、「美術の先生」は彼に語っただけで充分で
彼も、聴いただけで充分だった
退職後は、京都に転居したが
その後のことは何も知らない
あれから、やがて半世紀近くになるのに
今でも生きているような気がする

旅

（詩集『回避するために』より）

続く旅
どこへも出発しない旅の日々
峻立する旅をとり囲む建物は崩れ
緑黒く沈んだ空に音は消え果て
私は決して禁欲でないことを主張し
独楽のような自慰に過ぎないという嘲り
暗い河底である本郷三丁目の坂を走る
びゅんびゅんと私を追い越す他人たちの魚
嘲りの上は柔らか過ぎてよく走れないが
私は貝殻の内側のやさしさを思い出しながら
嘲りを否定するのはまだ早いと考える

その手にのるな／言葉

その手にのるな

ブレヒトは
「その手にのるな！」と言ったものだ
新しくやって来た学校長が
やって来て早々に
教職員組合の委員長（二代目）である彼を
校長室に呼んだ
丁重な挨拶をした彼に
「大学の時、君の所属していたゼミの先生は誰かね」
と、新しくやって来た学校長は言ったものだ
彼は親愛の思いで、にこにこして答えた
その、新しくやって来た学校長は

元・大学教授で
東京にあった大学がツクバへ移転した時の「賛成派」で
その、移転先の大学を退官したばかり
片や、移転「反対派」の先生は
東京の、二流以下の私立大学へ移り
その「二流以下の私立大学」の卒業生が、彼だった
のんきな彼は、単純な昔話かと思っていたら
要するに
彼に圧力をかけたわけだった
まるで「お前の先生に言いつけてやるぞ」という風に
悪意ある言葉が、幾つか続いた
彼は黙って、その場を去った
「関係の絶対性」
後に、吉本隆明は「関係の客観性」と言い換えるが

それは「絶対性」でいいじゃないか
もう名前も忘れ果てた、何某という、その学校長も
もはや、その顔すら浮かぶこともないが
彼に、内容証明郵便で文書を送り付けて来た理事長も
共に、もう死んでいるだろうが
ブレヒトが言った「その手にのるな！」という言葉の先で
まだ、生きているように見える

有効である必要はない
言葉がけむれば
位相も発火する

ガタガタもし　ふにゃふにゃもする
ロンリーな論理
輪廻する倫理
言葉を噛むな　言葉を喰らえ

情勢とは大根ではないか／日誌

情勢とは大根ではないか

松浦豊敏『争議屋心得　改訂版』（葦書房・昭和五十一年十二月）という本を
彼は持っている
そこには結局
彼が手にすることの出来なかった
戦いが描かれている
一七一頁には、次のようにある
「情勢とは大根であり、
情勢分析とは大根を切ることであり、
いってしまえば、
それはすでに闘争そのものではないか。」
あるいはまた、

「闘う労働者にとって、
情勢が情勢であり得るのは、
情勢が自らの手で創られる場合のみである。」と。
組合の結成から
あっせん団交へ
やがて、何回もの団体交渉によって
ありとあらゆることが
ゆるやかに日常化する
組合の力を背景として、彼は教務主任となる
二十代での「教務主任」は珍しい
その時期のことで
さて、ある年
印象的な記憶が彼には何もない
それが何を問題としていたのか

彼自身、もう何も憶えていないが
ストライキ権確立についての
集会があった時
彼の言葉は受け入れられず
同じ組合員からも
彼は「争議屋」のように揶揄された
組合結成から十年を迎えようとしていたところで
まるで組合から去るための理由のように
学校を退職する
組合の「争議屋」にもなれず
組合を「葬儀」することもできず
彼は自ら「組合」から離れる
まるで亡命でもするように
もしくは、長征でもするように

日誌（詩集『遊女濃安都』より）

×月×日　なんてきれいな紅葉だったろうか。考えてみると、どうもそれは夢だったようなのである。例によって、日曜日のひるね。——三時間余りも眠り込み、起きてみればもうあたりは真っ暗なのであった。そそくさと夕食をすませ、ぼんやりＴＶの古い映画を見ている頭の片隅で、紅葉の山々が浮かび上がってくる。

×月×日　あなたの顔を見る。やがて自分の心の沼で溺れたような顔になるまでのあわいの顔を見ている。

×月×日　橋をわたる。

×月×日　歩行の断片。

×月×日　今日は特に記述すべきことはない。風が強い。ウインナーコーヒーを飲み、ピザトーストをバリバリ食べる。

×月×日　図書館で『遊女濃安都』のコピー。九枚。一枚二十五円で、計二百二十五円也。かなり安いのではないだろうか。享保十六（一七三一）年から約八年間の尾張藩の記録。深夜、それを台所のテーブルで開く。何だか桜が咲いたような感じ――。本当は、我が家の台所にテーブルなどない。

まるで、伏線でも回収するように／朝

まるで、伏線でも回収するように

まさか
本当に「長征する」ことになろうとは
思いもかけないことだったな
まるで、伏線でも回収するように

既に退職している彼に対して
理事長は
わざわざ
内容証明郵便での手紙を送り付けて来た
実家で、その手紙を受け取ったのは父だが
それを彼に手渡した父親の顔が忘れられない

懲戒免職にするぞという脅しの
その、内容証明郵便での手紙は
（彼は、既に退職していたのだから）
死者に鞭打つということだったのか

それを
政治的な問題だというのには、あまりに卑小で
それを
思想的な問題だというのには、低次元過ぎるとして
それは
ただの「脅し」のまま消えたとしても

結局のところ

彼は故郷へ戻っただけのことだった
『敗北の構造』
いっさいを捨てたつもりだったが
捨てられるものしか捨てなかったので
きみは、笑っていい
彼は、笑われていい

それにしても、それが
どうして「長征」でないと言えようか
まるで、自分で自分の骨を拾うように
いや、何からはぐれて来たにせよ
それは花びらかも知れぬ

そうだ

この、しどけない姿態を
花びらのように無言で示せば
あでやかな風情となることもあろう
世阿弥の用語では、「風情」とは演技のことである
一種の亡命生活でもあったのかも知れぬ

朝（詩集『長征』より）

夜は偶然のように、いつもくり返しやってくる
父の河をたたき
母の河をたたき
ぼくの魚眼は夜をさまよい遊ぶ
暗き河を泳ぎわたる、水音高く
背筋を這う魚眼かなしく
眼の荒野つきることなし
ぼくは堕ちるように駆け続け
佇みながら堕ちる
蛇のような殺意にしめ殺されながら
夜よりも暗い憎悪にぬりつぶされ

ぼくはぼくを殺そうとしている

堕ちつくすことのできない魚眼の記憶は
はっきりと見覚め
旅立つこともなく
不眠の夜を白くしている
うすっぺらな白い夜にたえられず
すべやかな夢を見たところで
それは朝ではないことを知っている

*

恋歌1

わざわざ、別れのために
来てくれたのだ
ただ遠くから眺めていれば
別れる必要もなかったのに
何かの傷のように
別れが必要になったわけだ

声が見える
ちょっと鼻にかかった
丁寧な言葉

夏が終わる日
荒地を行くと
様々な場面が

次から次へと
剝がれ落ちる

一九七一年に上京し
平成元年に群馬に逃げ帰った

もう、ここから先は
一人で行くしかないから
「さようなら」を言わなければならないのに
ちゃんと挨拶もできないで
別れを曖昧にした
別れなければいけないことは知っていたのに
役不足もいいところだ
役者でないのは当然のこととして

詩人にもなれなかったのに
まだ詩を書こうとしている

恋歌2

言葉で見ることができるとして
目立たぬように振った手を
どのように記録すれば良かったのだろうか

日航機が御巣鷹山に墜ちたということを
まるで昔話のように聞いた
その時、軽井沢にいた私は思わず空を見上げた

場面は次から次へと
捲れ
色褪せていくばかりである

これはまるで
今はもういない人を

映した写真のようで
見も知らぬ人がそこにいる
私の姿を見る
見も知らぬ人

何もなかった七〇年アンポ
ロクヨンの年に群馬に逃げ帰ったのだ

さようなら
さようなら
こうして全ては無に帰するというわけだ
もしも、それが動画だとして
意味のふくらみは
どこまで読み取れるであろうか

恋歌3

肝心なことは何も話さないで
食べたり
飲んだり
肝心なことを話さないために
別の話をえんえんと話し続け

声が見える
ちょっと鼻にかかった
丁寧な言葉

わざわざ距離を測らなければならないほどに
冬の
寒い朝なら
息が白く見えるほどに

呼吸が見えたということが
今なら分かる

高校紛争で揺れた群馬県立渋川高等学校
入学式も卒業式も、校歌さえなかった和光大学

呼吸していたのだ
深く
生きていたのだ
くっきりと
今なら分かる

ぢいさんばあさん

酒場で
知り合いから、次のような話を聞いた

森鷗外に『ぢいさんばあさん』という
短編小説があるということを
昔、ある女ともだちから教えてもらったことがある、と彼は言うのだ
それは「あなたとは結婚できないわ」という
彼女のサインでもあったのであろう、とも彼は語る
その頃
彼女が少し離れたところのお寺に行く用事があり
それに彼が付き添ったことがあったのだという
そんな時にしか
一緒にいることが出来ない関係というわけだ
彼女には、夫も娘もいた

お寺への行き帰りの電車の中での
彼女の横顔が思い出される、と彼は語る
あの、鼻のかたちの美しさ
と言って、彼は目を閉じた
そんなことが何度かあっただけで
手も触れたことのないような関係であったのだ、と彼は繰り返す
それなのに
お寺に行くのに誘ってくれたりしたわけだ

「森鷗外にね、『ぢいさんばあさん』と言う小説があってね」
と彼女は
少し鼻にかかった高い声で言ったのだよ
と、彼は遠いところを見る

あの『ぢいさんばあさん』という小説は
恋愛小説の極北だからな、と私は相槌をうちかけたが
酒と一緒に、そのことばを飲み込んだ

切り抜けるためのバラード

重いことも軽く
つらいことでも軽やかに
くらがりをさけ
華やかに

私の第二詩集『長征』（紫陽社・一九八五年）は
教職員組合結成の物語だったのに
その旗印をハンケチにしたので、忘れられる
その「長征」を散歩のように描いたからか、忘れられる

できれば、少しでも人の気を引くように
週刊誌か何かのピンナップみたいに
ちょっと顔がゆるむ程度の
エロティックさがあったって、いいじゃないか

私の第三詩集『遊女濃安都』（紫陽社・一九八六年）も
教職員組合活動の困難さを描いたはずだったが
まるでワイセツ本のように見られ、誤解される
私に人徳がなかったためか、誤解される

「きみがまだ何かいいたいなら、それを
ぼくにいいたまえ、ぼくはそれを忘れる。」
と、ブレヒトが言ってくれるので
私は、ほっと息をつく。すべて「ゆめのあと」だよ。

「肉体をふりまわして
むごん
肉体を疲れさせて

げんじつを移動する」（詩集『長征』より）

「きみはいま、もうなりふりをかまう必要がない
誰もいやしないのだ、きみを見ているやつなんか。」
と、ブレヒトが言ってくれるので
私は再び、詩を書くことができる。まるで、あとをくらませたように。

「馬が走れば夜明けも近い
不自然に抱いている姫が重いが
物語を駆けぬける馬の苦労を思ったら
なにを嘆くことがあろうか」（詩集『遊女濃安都』より）

＊ 引用したブレヒトの詩は、野村修訳「都市住民のための読本（抄）」の一節で、『ベルトルト・ブレヒトの仕事』3（河出書房新社・一九七二年七月）に拠った。「あとをくらませ！」というリフレインが印象的である。

「長征」の始まり

そうか
あれは、本当に「長征」の始まりだったのか
彼は、今頃になって、そのことに気づく
あれから四十年近くが経って
久しぶりに詩集『長征』（紫陽社・一九八五年九月）を振り返り
君は
彼が〈組合〉活動をしていた日々を
彼は、それを詩として書いたのではなかったかと批評する
詩集『長征』のモチーフが
〈組合〉活動だったなんて
君に言われて
彼はびっくりした顔をする
プロレタリア文学でもあるまいし
ゆるい日常生活のことしか書いていないのに

それでも、それは「戦い」ではなかったのか
と君は言うのだ
確かに負け戦であり
後退に次ぐ後退で
人に笑われ
やがて、相手にもされなくなり
忘れ去られた詩集でしかないけれど
結局は
関東平野を北上し
群馬へ戻ったことを考えれば
間違いなく
それは「長征」の始まりだったではないかと
君は
若き彼の日々を批評する

「散歩するように長征するのだ
旗印をハンケチにして（「編む」）

目立たないように「旗印をハンケチにして」、戦いは内へ、内へ

確かに、あの日々は「転戦」する日々であった

「悲しみを洗い
怒りをみがき
転戦する（「する」）

〈組合〉活動そのものを疑いながらも
県組織の中央執行委員会へ通った日々がよみがえる

「任意の一点
彼方の架空で
ひと呼吸（「つむる」）

そうか
あの時は〈組合〉活動の側から
〈詩〉を見ていたということか
それが「長征」の始まりだったなんて

「くらがりを編む
つもりが
手もなく
編まれている

ことを自覚するつらさより
編まれている
困惑と喜びのひと目、ひと目を
ぬけよ
ゆるやかに（「明るい夜から」）

それが「ゆめ」の後だったのか

彼の詩集『遊女濃安都』（紫陽社・一九八六年十月）が
話題になったのは
女体のトルソが描かれた、ピンク色の表紙だけだった
いやいや
本文にだって、いかにも性的な描写もあったし
「なんだ、ありゃ」と囁かれたものだ
それでも君は
あの詩集のモチーフが〈組合〉活動だったと強弁するのか
結成から数年で
詰まらぬ賃金闘争だけの組織に成り下がったとして
その責任は彼にもあったじゃないか

そうだ
それは欲望の坩堝だった

思想の地獄や
ぎこちない恋愛
詩を希求する思いや
果てしない消費
いやいや
彼こそが組織そのものになり兼ねなかったのだ
と君は批評する
何にもない
空っぽの肉体を拠点とするしかないところへ
たった数年で追い込まれる過程が
その彼の困惑が
詩集『遊女濃安都』に描かれている
と君は批評する

そうか
それが「遊女（ゆめ）」の後だったのか
それが「革命（ゆめ）」の後だったのか

享保十六亥年（一七三一年）から約八年間の尾張藩の記録文書名が
『遊女濃安都（ゆめのあと）』だと知って
心がざわめいた
コピーすれば、たった九枚の記憶のちぎれ雲
元文四未年（一七三九年）正月までの快楽
夢の廃墟
それを読んでしまった彼は
既に自分自身の行為が終わっていたことを自覚していたのだ
と君は批評する
彼が〈組合〉活動をしていた日々をこそ

彼は詩としても書いていたのだと批評する

彼は、食後の満腹に堪える歌を歌えなかった
彼は、歩けば歩くだけ続く回廊をぬけることができなかった
たかだか、百年の詩を投げ抜く力もなかった
彼は、ただ「後」を夢見ただけだった
彼は、敗戦投手でしかなかった
虚構の中での
歩行の断片

詩集『遊女濃安都』のモチーフは
〈組合〉活動だった
と君は批評する

「私は応えるものを持っていない
なすがまま
にされていることを自身に許している（「（ぬいだのは……）」）

「力
は具体的に示しておきたい
白い
波は崩れ続ける（「（今日は……）」）

「祭りばかりが続くような日々の
ひっそりとした
中庭
のようなところに（「（たまには……）」）

詩集『メー・ティはそれを好まない』初出一覧

朝　「詩的現代」31号（二〇一九年十二月）
アパート　「詩的現代」33号（二〇二〇年六月）
ベンヤミンは書いている／基調報告　「詩的現代」34号（二〇二〇年九月）
あっせん団交　「詩的現代」32号（二〇二〇年三月）
ぢいさんばあさん　『詩と思想・詩人集2019』（二〇一九年八月）
切り抜けるためのバラード　『詩と思想・詩人集2020』（二〇二〇年八月）

□　引用詩のための註

詩集『回避するために』（玄冬社・一九八二年九月）装画・篠原美智恵
　Ⅰ　地図／方位／伝達／基調報告／言葉／行程／死んだ児のために／回避するために
　Ⅱ　言葉の都市／旅／弟へ／朝／夜の町／長い舌／水位／ある日の本郷文学散歩
　自註
詩集『長征』（紫陽社・一九八五年九月）装幀・板垣光弘

Ⅰ　動態
帰る／投げ込む／すき／編む／話す／ください／歩く／つむる／くだる／する／ぬける／準備する／長まる

Ⅱ　無言
症例／領域／足場がいるのだ／たどりつくのはここしかない／突然の大雨である／明るい夜から

詩集『遊女濃安都』（紫陽社・一九八六年十月）装幀・板垣光弘

Ⅰ　（ぬいだのは……）／（尻が突きだされて……）／（今日は……）／（たまには……）／（ささやかな……）

Ⅱ　冬そうび／食後の唄／初夢／天気図／ダンス

Ⅲ　髪／舌／目／顎／耳

Ⅳ　日誌

＊　他の詩篇は、すべて書き下ろしである。

あとがき

まずは、メー・ティとは誰かを明らかにしておかなければならない。ベルトルト・ブレヒトに『転換の書』という著作があり、墨子（墨翟）が書いたという形式の偽書である。その、紀元前四七〇～四〇〇に活躍した社会批評家である墨翟が、ドイツ語のメー・ティというわけだ。一九二九年頃から、ブレヒトは中国哲学研究に打ち込んだようだが、『転換の書』の内容は、彼の目の前にあった一九三〇年代、一九四〇年代の世界史的出来事であったと言っていい。ブレヒトの遺品の中に、アルフレート・フォルケによる墨子訳（一九二二年刊）があり、彼の覚書とアンダーラインがついているそうだ。そもそも、この著作は生前には刊行されなかった。書名が『メー・ティ』なのか、『転換の書』なのかもはっきりしない。ただ、七つの書類ばさみに、遺稿が収められていた。日本語訳もいくつかあるが、配列が定まっていないのはそのためであろうか。

いずれにせよ、目の前の現実的に対して、一人の虚構的人物を設定し、思考を深めるという特異な内容に驚かされる。古代哲学書風の、短章形式も社会批評としての鋭さを持っているように思う。

残念ながら、メー・ティその人を作品に登場させることが出来なかったが、私も自らの〈転換の書〉を書いたつもりなのである。

＊

今回の『メー・ティはそれを好まない』は、言ってみるなら、詩集『それは阿Qだと石毛拓郎が言う』と、書き下ろし詩集『赤城のすそ野で、相沢忠洋はそれを発見する』に続く〝それ三部作〟の最後となる詩集である。若き日の詩集『回避するために』や、詩集『長征』、『遊女濃安都』などが、その当時、なぜ書かれたのか、自らの〈転換〉の時期と、その意味が今頃になって、ようやく分かりかけて来た。

新作を旧作品で裏打ちする方法は、ちょうど、そういう風な作品を自分でも何篇か書き、模索していた頃、伊藤芳博詩集『いのち／こばと』（ふたば工房・二〇二〇年四月）に出会い、方法的な刺激を受けた。

何よりも、宇野亞喜良氏の絵により詩集を飾ることが出来、喜んでいます。

また、この間、中村不二夫氏に系統的に書評を執筆していただいたことを感謝しています。土曜美術社出版販売の社主・高木祐子様には、［新］詩論・エッセイ文庫に続いてお世話になりました。

二〇二一年三月

愛敬浩一

著者略歴

愛敬浩一（あいきょう・こういち）

1952年群馬県生まれ。和光大学卒業後、同大学専攻科修了。日本現代詩人会会員。現代詩人文庫17『愛敬浩一詩集』（砂子屋書房）、新・日本現代詩文庫149『愛敬浩一詩集』（土曜美術社出版販売）等多数。近著に、［新］詩論・エッセイ文庫10『詩人だってテレビも見るし、映画へも行く。』（土曜美術社出版販売）など。

詩集 メー・ティはそれを好《この》まない

発行 二〇二一年五月十九日

著者 愛敬浩一
装画 宇野亞喜良
装丁 直井和夫
発行者 高木祐子
発行所 土曜美術社出版販売
〒162-0813 東京都新宿区東五軒町三―一〇
電話 〇三―五二二九―〇七三〇
FAX 〇三―五二二九―〇七三二
振替 〇〇一六〇―九―七五六九〇九
印刷・製本 モリモト印刷

ISBN978-4-8120-2620-5 C0092